CONTE DE FÉES
À L'USAGE DES MOYENNES PERSONNES

BORIS VIAN

Conte de fées à l'usage des moyennes personnes

DESSINS DE BIMBO ET DE BORIS VIAN

PAUVERT

ISBN : 978-2-253-14696-4 - 1ʳᵉ publication - LGF

Conte de fées à l'usage des moyennes personnes, écrit dans la prime jeunesse de Boris Vian, n'avait pu faire, à ce jour, l'objet d'une édition grand public.

Il n'a été publié en 1981 qu'à titre de référence littéraire d'une très savante étude de l'œuvre de l'auteur : *Boris Vian de A à Z* chez Oblique.

Cette publication étant épuisée, il appartenait à Mme Ursula Vian Kübler de faire éditer aujourd'hui ce texte dans son intégralité.

Les circonstances d'écriture et la teneur du texte ne pourront qu'enthousiasmer les anciens et les nouveaux lecteurs de Boris Vian.

'D.

Préface

Le Conte de fées à l'usage des moyennes personnes *est-il la première œuvre de Boris Vian fonctionnant intégralement comme œuvre littéraire ? On peut en discuter : il n'y a d'œuvre littéraire que consciente, voulue telle. À cet égard, le Conte — divertissement privé — échappe à la définition. Mais vit-il de sa seule substance, se développe-t-il à l'intérieur de lui-même et de son propre* mouvement, qui sont les conditions minimales fixées par Boris au « fait » littéraire ? Alors, la réponse serait peut-être positive ou à la normande : ptetbincoui. Certains indices (tentative de réécriture, illustrations...) laissent soupçonner des velléités de publication, ou d'organisation qui eussent modifié la finalité originelle de cet écrit. Assurément le Conte est de toutes les productions de Boris Vian ces années-là, la première qui se veut gratuite, absolument ludique, en ce sens qu'elle ne répond qu'à elle-même, les scénarios de films légèrement antérieurs ou contemporains du Conte étant écrits à des fins avouées de commercialisation et selon les règles de l'industrie cinématographique, y compris le choix des vedettes, ce qui ne les fit pas pour autant rencontrer les grâces d'un producteur.

Le Conte *précède, de peu selon nous,* Troubles dans les Andains, *écrit durant l'hiver 1942-1943, et n'a aucun rapport apparent avec ce qu'allait être* Troubles *et, venant bientôt,* Vercoquin et le Plancton.

Boris Vian ne se tiendra lui-même pour un écrivain, ni avec le Conte, *cela va sans dire, ni avec* Troubles dans les Andains *(ce en quoi il se trompait peut-être), pas même avec* Vercoquin et le Plancton *(et il excluait* J'irai cracher sur vos tombes *de la littérature) mais à partir de* L'Écume des jours.

À son sentiment, L'Écume *aura été son premier roman,* L'Automne à Pékin *le deuxième et le troisième* L'Arrache-cœur *qui a précédé* L'Herbe rouge, *quoique édité trois ans après.*

Circonstances d'écriture du Conte :

Michelle, première épouse de Boris Vian, devait subir, au printemps de 1943, une opération de la glande thyroïde ; Boris et les proches multiplièrent les attentions autour de la malade : pour lui faire plaisir, l'orchestre Claude Abadie devint l'orchestre Abadie-Vian et Boris écrivit, afin de la distraire, le Conte de fées à l'usage des moyennes personnes.

Le matériel :

La version initiale du Conte se présente sous la forme d'un manuscrit de 15 feuillets recto verso avec sept croquis de Boris Vian en marge. *Dans le dossier conservé par Boris Vian, on trouve neuf dessins à la plume et aux crayons de couleur de son ami Bimbo (Alfredo Jabès, son condisciple à l'École Centrale) représentant le Roy, un troll, le Palefroy à la barre de la pinasse, le Palefroy abattant un arbre, le dieu Kule-Kule, Barthélémy, Joseph, la Fée et la Sorcière à cheval sur son balai, par une nuit que n'éclaire pas une pleine lune épanouie en haut à gauche, en train de survoler un paysage de cimetière. Deux des dessins ici répertoriés (le Palefroy abattant un arbre et Kule-Kule) visaient à illustrer la suite du* Conte.

La version seconde (ou condensée) est écrite sur quatre feuillets dont trois recto verso et le quatrième recto seul.

La suite du Conte *occupe un feuillet recto verso sur papier quadrillé ; une illustration, de la main de Boris Vian, montre, à la seconde page, la pinasse fixée à la cime d'un monstrueux cocotier.*

La version « condensée » du Conte *est, en réalité, une version corrigée, poncée, peut-être améliorée mais inachevée. L'examen des manuscrits nous donne la quasi-certitude que cette version a été la reprise de la version initiale. Le texte le plus long est donc le texte spontané, jailli au fil de la plume. Il est, dans ses premières pages, écrit à l'encre noire, mais fait apparaître des corrections et surcharges à l'encre bleue qu'on retrouve toutes — sans exception — dans la version « condensée », elle-même écrite de bout en bout à l'encre* bleue. *On présume que Boris Vian projetait de réécrire la totalité du* Conte *et qu'il s'était mis au travail aussitôt relu et corrigé le manuscrit premier. Pourquoi cet effort a-t-il tourné court, nous ne savons.*

Sans aucun doute, ce qui nous est parvenu de la seconde version montre chez Boris Vian le souci d'écrire dans un style plus soutenu, de supprimer certaines facilités, des traits d'esprit un peu lourds et des calembours à tiroir, mais il en est qui jugeront que ç'eût été se priver du meilleur et peut-être Boris, en définitive, en a-t-il ainsi jugé lui-même.

Noël ARNAUD

« Le premier chapitre
n'est pas de moi. »

L'auteur.

Il était une fois un prince beau comme le jour. Il vivait entre son chien et son cheval, à l'orée d'un bois, dans un château aux murs gris et au toit mauve (ce toit était couvert de mousse, et paraissait vert). Il vivait solitaire et cette solitude affligeait ses jeunes ans. Une nuit qu'il passait à flâner dans son parc, alors que la lune, sa douce et souriante compagne (je croyais qu'il était seul) caressait d'un tendre regard (septembre comme du poulet) les sommets des grands arbres agités par une brise tiède et embaumée (merde ! ce qu'il cause bien) il se prit à penser que la vie est amère quand il n'y a pas de sucre au fond. Une grande résolution s'empara de son cœur : Partir (c'est mourir un peu). Partir à la recherche de ce sucre si précieux et si rare (Hure â ! Vive le marché noir). Le lendemain dès l'aube, sellant son noir palefroi (je ne crains pas le froid non plus) et l'enfourchant ensuite, il fuit ce lieu autrefois aimé (tout passe tout casse, seul le plexiglas tient le coup) maintenant détesté à cause du manque de sucre.

Il chevaucha par monts et par vaux pendant de rudes et longues journées. Il traversa nombre de pays inconnus, voyant des bêtes étranges et s'instruisant des coutumes diverses régissant les mœurs des populaces du continent.

Comme la pluie tombait, il prit un para (pluie) et s'abrita (pis d'Orient). Ensuite la pluie ne tomba plus, mais la fatigue le prit et il fut bien heureux et bien aise de rencontrer un limaçon (de cloche) (merle) (un l'enchanteur).

Alors, dit Dédé, il s'arrête dans une auberge et il rencontre une belle princesse, fille du roi Jacquart.

Mais qu'est-ce qu'elle fout dans cette auberge, se dit le chevalier (il s'appelait Joseph). Peut-être a-t-elle du sucre. Il fit un petit signe à la fillette et lui dit :

« Par le dragon qui habite cette forêt, par le vin que tu as bu, par l'eau que tu boiras, dis-moi, par le sang de la mandragore, quelles sont les voies qui m'obtiendront du sucre. »

La fillette rougit, tourna de l'œil, et mourut.

Alors le chevalier, triste comme aux plus beaux jours, chevaucha derechef son palefroi, qui l'amena dans un pays bizarre... !

Chapitre deux

La route était blanche et le soleil pointu. Chaque pas était à Joseph une souffrance pour son palefroi. Il n'y avait pas trois ans qu'il marchait quand apparut devant lui une cabane à lapins où dansaient des elfes en susurrant une romance.

Par les champs et par les moines

Qui retroussent leur jupon
Montre-moi ton péritoine
Je te dirai qui tu es...
L'air langoureux et mélancolique plut à Joseph qui s'enfuit au grand galop (le palefroi n'aimait pas l'air).

Chapitre trois

Sans intérêt.

Chapitre quatre

a) Adoncques, Joseph chevauchoit, et drues pleuvoient sur lui les gouttes d'un sombre nuage. Et âpre étoit l'odeur d'ozone qui émanoit de la terre humide. Moult longtemps chevaucha-t-il, et l'entrée de LA caverne apparut...

b) « Ce style importun ayant pu empêcher la compréhension de cette importante partie de l'ouvrage... » ainsi commençait le livre que Joseph tira de ses fontes pour faire un substantiel repas.

C'était un livre de cuisine du docteur de Pomiane. Alors Joseph prit son arc et alla tuer un poulet dans la basse-cour attenant à la caverne.

La sorcière ne fut pas contente. Elle avait une bosse et des yeux chassieux, et d'un bon pied pendait sur son menton son inférieure lèvre. Ce que voyant Joseph il la tua et la mangea avec le poulet qui avait très faim.

Il commença alors d'explorer son nouveau domaine.

Dans la première caverne, se tenoient trois coffres d'ébène — dans le premier, y avait le linge sale, dans le second, la vaisselle sale, et dans le troisième, la boniche. Joseph coinça la boniche dans un coin et comme il était un peu énervé, elle y perdit son soutien-gorge.

Dans la seconde caverne, il y avait pas le moindre coffre, et la poussière couvrait le sol, ce qui faisait qu'on ne voyait pas la trappe qu'elle dissimulait mais que la boniche l'ayant indiquée à Joseph, Joseph armé d'un engin à ôter ladite poussière réussit à trouver. D'ailleurs il ne put pas l'ouvrir et se fit une bosse au front avec le balai car un chevalier sait manier la masse d'armes, mais le balai, nenni !

Cependant aidé de son palefroi, il travailla trois jours et trois nuits à établir une sorte de palan muni d'une forte chaîne. Il passa le crochet dans l'anneau de la trappe, s'arc-bouta contre le mur, le mur céda et il se cassa la figure.

Mais il ne se décourageait pas, et pendant sept jours et sept nuits, il creusa autour de la trappe, et le palefroi regardait ou dormait suivant les moments.

Et comme il s'y attendait le moins, la trappe s'ouvrit avec un bruit sec, et ô ! miracle ! ce n'était pas une trappe mais un morceau du plancher et il dut remettre le tout en place.

Dans la troisième caverne, on pouvait voir une paire de chandeliers en fer-blanc, une harpe de Tolède damasquinée, une paire de lunettes en bronze d'art, et une armoire à linge contenant :

8 paires de draps
3 serviettes nids-d'abeilles
17 serviettes-éponges
2 gants de toilette
3 culottes « petit vaisseau »
et quelques objets de moindre importance que nous ne nommerons pas.

Un rat soudain passa entre les jambes du palefroi et c'est ce qui fit que Joseph prit peur et découvrit la quatrième caverne.

Seulement comme il en avait marre des cavernes, il prit un pic et attaqua la voûte à grands coups de pic.

Il avait mal calculé son quatrième coup à l'occasion duquel un fragment de roche lui tomba dans l'œil et se transforma instantanément en un gros crapaud qui dit :

« Joseph ! tu as trahi ! »

Joseph ne comprit pas, mais pensa que le lieu était ensorcelé et fit brûler une pincée de poudre de pyrèthre pour chasser le crapaud.

Alors la terre s'ouvrit (pas à l'endroit où se tenait Joseph, heureusement) et une grosse bête écailleuse (Cécile Sorel elle-même) sortit dans un nuage d'encens.

Joseph ne la reconnut pas (elle était encore très jeune) et ne s'inclina pas (on ne s'incline que devant les gens qu'on connaît. De Pomiane, page 92).

La fée (c'en était une) avait des souliers (comme tout le monde), une robe (comme beaucoup [les femmes]) et, une baguette (comme les sourciers et les aspirants qui la ramènent).

Cependant elle ne dit rien qu'un mot (cf. guerres de l'Empire).

Et Joseph se réveilla : ce n'était en effet qu'un rêve. Devant lui il n'y avait qu'une fée, une caverne et un crapaud.

La fée lui dit alors une énigme que voici :

Dans le sein d'Osiris au soleil de
[minuit
Rêve le pélican chenu et misérable
Et le satyre ému, à la lippe adorable
Est tout nu !
Pourtant si le courage indomptable
[te mène
Creuse à vingt pas d'ici, creuse dans
[le rocher
Avecques une pioche au long
[manche de frêne

Et si Merlin t'assiste
Tu seras
Exaucé.

(Elle ne le dit pas en vers, mais c'est mieux comme ça.)

Alors elle disparut dans un nuage de fumée de cigarettes anglaises, et Joseph se demanda s'il n'avait pas rêvé une seconde fois, mais comme se pincer lui faisait aussi mal que la première fois, il se dit qu'il allait encore lui tomber un crapaud dans l'œil.

Et soudain il y eut dans l'air une musique délicieuse, et une lumière céleste, et une autre fée apparut. Ça, c'était une vraie fée. Elle avait une robe de lin garnie d'entre-deux de dentelles, un grand col Médicis, un jabot de dentelle garni de bouillonnés de mousseline, une jupe de brocart sou-

La Fée.

tenue par un vertugadin, des gants
d'Irlande véritable agrémentés de
jours arachnéens, tout un fouillis de
fanfreluches où l'habileté d'une camé-
rière experte aux travaux de l'aiguille
se donnait libre cours. Les volants de

la jupe étaient travaillés en biais, montés sur un gros grain qui leur donnait à la base une certaine raideur et tout incrustés de point à la rose, faisant autour de la divine apparition comme une vapeur de fils d'où émergeaient des petits souliers d'or garnis de grosses boucles de diamant.

Le chevalier ne lisait pas *Le Petit Écho de la mode* et ne remarqua rien de tout ça. Il fit cependant bonjour ! d'un ton rogue, car il n'était pas dénué d'une certaine politesse naturelle.

« Bonjour ! Joseph ! » lui répondit gracieusement la fée, qui s'appelait Mélanie.

« J'ai du sucre ! ajouta-t-elle, à vingt-six francs le kilog. »

Joseph pensa qu'elle devait faire làdessus un sacré bénéfice, mais comme il avait très envie d'en avoir, il tira de sa bourse trois maravédis et les donna à la fée.

Le maravédis est une monnaie commode pour les choses qui valent vingt-six francs parce que un maravédis vaut un franc : ainsi c'est très simple, il suffit d'en prendre vingt-six.

La fée lui donna les sept kilogs auxquels il avait droit puis elle disparut en laissant derrière elle un parfum de muscade passée et de poudre d'escampette de chez Caron.

Joseph attendit cinq minutes pour voir si elle revenait pas, puis prenant son sucre il alla le cacher soigneusement dans la deuxième caverne en un endroit où nul mortel ne pouvait le dénicher (étant mortel, il aurait dû se méfier).

Puis il s'endormit du sommeil du juste, la tête appuyée sur un bloc de rocher acéré. Pendant la nuit une goutte d'eau qui allait obscurément son petit bonhomme de chemin à travers les couches de granit formant la voûte de la caverne arriva enfin à percer un trou suffisant et à choir en plein sur la pomme d'Adam de Joseph, et il fut incontinent frappé d'amnésie foudroyante.

Malgré son habituel agnosticisme (sic) il fut obligé de se rendre à l'évidence : il se souvenait plus de rien.

C'est pourquoi il oublia de s'habiller et c'est d'un homme nu que nous serons dès lors forcés de vous entretenir, tant y a que l'habitude est une seconde nature, et que s'habiller n'est qu'une habitude (il faudrait également mentionner le rôle de la mémoire au point de vue de l'habitude qui ne peut entièrement être rattachée comme le fit Kant aux courants de décharge nerveuse dans l'individu).

Pourtant, comme il y a des grâces d'état, Joseph n'oublia pas de donner à son fidèle palefroi son yoghourt du matin, et il remonta sa depsydre jusqu'à en faire sauter le ressort.

Revenant dans la quatrième caverne, il aperçut alors, gravée en lettres de feu sur les parois, l'énigme bizarre qu'avait conçue la première fée. Et ses habitudes studieuses reprenant le dessus, il prit son pardessus et alla faire un petit tour dans la cinquième caverne.

Chapitre cinq

Il n'en avait pas encore franchi le seuil. Et voilà qu'elle était là, vide, comme de nuit remplie, avec au fond comme un bruit continuel de baisers, d'une petite source qui ruisselait sournoisement pour se perdre dans le sable.

NOTA : Ce passage est poétique

Seul un rayon venu d'on ne sait où plongeait de la voûte vers un petit rond lumineux où l'on pouvait lire de singuliers hiéroglyphes. Et c'étaient des chiffres qui gisaient là, et Joseph les lut :

①   2 $\dfrac{6}{2}$ 7

② $\dfrac{2}{2}$ 3.6   4.1   6.6

⑦   1.2,3   8.2,4,5

Joseph comprit aussi distinctement que si on lui avait dit : « le sol de la caverne ». En effet il savait l'énigme par cœur étant donné qu'il l'avait regardée le matin avec un vide cerveau d'amnésique où s'empressent de bondir les nouvelles choses. Et ça voulait dire ça, il y a qu'à regarder pour voir.

Alors il prit une pioche avec un manche en hêtre, et naturellement il ne trouva rien. Le hêtre lui donna des ampoules, car c'est un bois malveillant, et il sortit avec son canif pour couper du frêne. Il fit un petit manche élégant et robuste, dans lequel une grâce aérienne s'alliait à une solidité de bon aloi. Il l'adapta au fer de la pioche, et celui-ci après quelques façons daigna tenir, et il recommença à creuser.

Du premier coup, le sol de la caverne vola en éclats et Joseph tomba, la tête en avant, dans un puits d'ombre verte dont on ne voyait pas le fond. Il avait de la veine parce que dans l'ombre on peut respirer : dans l'eau il aurait pu se bomber.

Dans cette ombre nageaient des bêtes bizarres, avec des plumes, qui faisaient cot ! cot ! codet ! Joseph ne sut pas ce que c'était parce qu'il faisait noir, évidemment, mais il se dit que si il avait fait jour, ça aurait sûrement été des poules.

Puis il continua à tomber. Au bout d'un an il se dit que ça avait assez duré comme ça, et il s'arrêta. Ô ! merveille ! son fidèle palefroi était là et le regardait avec des yeux candides. Il faut dire que l'ombre avait disparu, qu'on y voyait clair, et que à perte de vue des oursins vaquaient à leurs occupations.

Le chevalier reconnut alors qu'il se trouvait dans un des jardins municipaux de la ville du roi des Lunes Bleues, par-delà les mers et les montagnes, dans un pays où personne ne meurt avant d'avoir atteint l'âge de dix-huit ans.

Comme il s'attardait plus que de coutume à se mirer dans une fontaine, il vit en face de lui briller sur l'onde une ravissante image. La plus jeune fille du roi venait se laver les mains après avoir mangé du homard, mets odorant. Joseph dégoûté alla se mirer ailleurs, ce qui n'empêcha pas la princesse de l'inviter à dîner pour le soir. Il n'osa pas tout d'abord accepter (il était toujours tout nu) mais elle le mit vite à son aise en se déshabillant aussi et en l'autorisant à lui faire des crapouillettes sur le nombril.

Le soir, Joseph fit toilette, c'est-à-dire qu'au moyen d'un seau d'eau et d'un peigne, il partagea ses cheveux en deux parties égales qu'il fit retomber l'une sur l'oreille droite, l'autre sur l'oreille gauche, et ainsi vêtu il alla au festin (le seau d'eau ne lui avait pas servi pour cette fois, mais le palefroi fut très content de boire).

Chemin faisant il rencontra une vieille femme qui lui dit d'un ton sépulcral : « Joseph, ne va pas au festin. » Joseph rit et passa outre.

Au bout de cent pas, une femme encore plus vieille que la première lui dit encore : « Joseph ! ne va pas au festin », d'un ton plus sépulcral encore.

« Pourquoi ? grand-mère », demanda Joseph.

« La princesse a juré ta perte depuis que tu l'as vue nue et tout ce qu'on te servira sera empoisonné. »

Joseph pensa : elle est en effet bigrement mal foutue, mais en garçon bien élevé, il garda cette opinion pour lui et se contenta de couper une petite branche de coudrier dans la haie qui bordait le chemin. Puis il continua sa route.

Un carrosse passa, il sauta dedans et se trouva assis à côté d'une belle dame en robe de soie brochée d'or en laquelle il reconnut une des demoiselles de déshonneur qui hantent les bas quartiers des villes.

« Vous allez au festin ? » lui dit Joseph.

« Voui », répondit-elle en lui tâtant les cuisses pour voir si son ramage répondait à son plumage.

« Alors on se mettra l'un à côté de l'autre », repartit Joseph qui se piquait de galanterie. Puis il ne dit plus un mot jusqu'à l'arrivée.

Un laquais en culotte de peau se tenait à l'entrée du palais. Il ouvrit la porte du carrosse et mit Joseph et sa compagne à même de descendre par l'entremise d'un pliant marchepied apposé par ses soins à la porte du véhicule.

Un autre carrosse approchait.

« Hue ! » cria le cocher. Et le carrosse s'arrêta. Il en descendit Barthé-

lémy et sa femme, un usurier bien
connu de Joseph qui l'aimait beaucoup pour sa faconde et ses reparties
spirituelles.

« Comment vas-tu, vieille branche »,
dit Barthélémy.

« Pas mal, répondit Joseph tristement, si ce n'est que ma santé laisse à désirer !

— Ah ! Ah ! » dit Barthélémy, vexé de ce calembour éblouissant. Il n'ajouta

Le Roy

rien, et à vrai dire cela suffisait à dépeindre la situation.

Ils entrèrent et foulèrent des tapis de haute laine que l'on venait de faucher et qui dégageaient une délicieuse odeur de foin coupé.

Le roi était assis à l'ombre d'un sophora du Japon[1] (sophora japonica) et s'éventait avec un sac de billes. Près de lui un esclave dormait du sommeil du juste. Une douce brise parcourait la salle, due à des ouvertures pratiquées judicieusement dans la toiture, en fait, celle-ci ne comportait guère que des chevrons vu le prix des toitures étanches.

Le roi se leva d'un bond à la vue des visiteurs et s'enfuit, car il était très timide. Ce que voyant Joseph, il demanda à Barthélémy :

« Pourquoi est-il parti ?

— Parce qu'il n'est plus là », répondit Barthélémy et il rit aux éclats de cette plaisanterie vraiment drôle et bien tournée.

Joseph rit aussi, et se dit que Barthélémy avait de la chance d'être si amusant, que lui, Joseph, aurait bien voulu pouvoir en faire autant, puis il se consola en pensant que lui, Joseph, avait l'avantage d'une haute naissance, tandis que Barthélémy, lui, n'était qu'usurier, ce qui est moins considéré à la cour.

Sur ces entrefaites le roi revint muni de lunettes noires afin que l'on ne puisse pas le reconnaître.

Alors le festin commença.

Joseph était assis entre Barthélémy et sa compagne de voiture. (Ai-je dit qu'elle s'appelait Cheval.)

Cheval très spirituelle naturellement buvait beaucoup pour l'être encore plus. Placé entre deux personnes si amusantes, Joseph se sentait idiot, c'est ce qui lui permit de risquer quelques plaisanteries, pensant qu'on ne le rendrait pas responsable de leur peu de valeur.

Ainsi, il cacha un os de gigot sous la jupe de Cheval et il vida neuf fois son verre dans la poche gauche de Barthélémy qui ne s'en aperçut pas.

Au dessert Cheval était un peu grise. Elle prit Joseph sur ses genoux et lui chatouilla le cou avec ses frisettes jusqu'à ce qu'il demande grâce et lui allonge un bon coup de poing sur le nez. Elle ne se formalisa pas pour si peu et lui certifia que c'était la première fois qu'elle voyait un homme avoir une conversation agréable.

Mais à la fin Barthélémy mit les pieds dans le plat.

Au même instant le roi voyant deux chats entrer, criait « Partez, les mimis », et Barthélémy crut que c'était pour lui et fut très vexé et but jusqu'à se trouver ivre.

Alors il sortit de sa poche une baguette magique engagée par un enchanteur dans la purée, et se mit à faire des tours.

C'était lamentable. Il ne savait pas du tout s'en servir. Il commença par faire tomber une pluie de grenouilles dans l'assiette de Cheval qui cria et s'évanouit (bon prétexte pour que Joseph la pelote). Puis il transforma un esclave en citrouille et le roi l'engueula, et il essaya de le retransformer en esclave, mais en fin de compte il y eut un petit veau et le roi en avait déjà neuf, alors Barthélémy fut obligé de lui acheter très cher.

Puis il voulut rajeunir sa femme, mais finalement la rajeunit trop et elle lui fit pipi sur les genoux et rendit toute sa bouillie, car un enfant de cet âge ne peut pas tant manger. Alors Barthélémy divorça et il s'en alla avec Joseph. Le palefroi attendait à sa porte. Ils bondirent sur son dos, et s'en furent courir le monde pour chercher le sucre.

Ils n'avaient pas fait trente centimètres que la fille du roi arriva avec son poison dans un verre et le donna à Joseph en lui disant pour plaisanter : « Buvez, c'est du poison ! » Joseph dit merci ! et il but (il comptait sur la baguette de Barthélémy). Barthélémy flanqua un grand coup de baguette sur la tête de la princesse, elle eut une bosse et c'était bien fait.

Puis il ranima Joseph. Pour une fois il ne se trompa pas, mais par malheur instantanément Joseph se rappela tout et se rendit compte qu'il était tout nu, et fut très gêné. Mais il se rappela le sucre qui était dans la caverne et le dit à Barthélémy.

« Sept kilogs ! dit Barthélémy. Je te les rachète 26,50 F.

— Tope ! dit Joseph, heureux d'une si bonne affaire.

— Donne l'argent. »

Puis pensant que maintenant il n'avait plus de sucre, il décida d'en trouver d'autre.

« Écoute, dit-il à Barthélémy, toi maintenant tu en as. Moi il m'en faut. Viens avec moi, on va chercher le mien, et puis je t'indiquerai où est le tien.

— Tope ! dit Barthélémy qui était un frère, bien qu'usurier. Allons-y. »

Ils y allèrent. C'était loin. Il leur fallut quinze jours. Quand ils y furent il n'y avait pas de sucre, bien entendu, mais un sale vieux dragon qui puait et qui bavait partout des flammes toutes mangées sur les bords.

« On l'éteint ? » dit Barthélémy.

« Tope ! » dit Joseph. Et à eux deux, ils eurent vite fait de l'éteindre (il faut dire qu'il tomba une forte pluie, et je ne sais pas si ce cochon de Barthélémy ne tripotait pas sa baguette magique).

Seulement ça c'était pas du sucre, c'était un dragon éteint et ça ne vaut pas même le poids des flammes. Ils firent une cotte d'écailles pour Joseph qui se trouva ainsi protégé contre la piqûre des moustiques, et repartirent, allègres comme des pompiers après l'incendie.

Chemin faisant, Barthélémy racontait à Joseph des gaudrioles pour le faire rire. Joseph n'avait pas besoin de ça, il riait à en avoir mal au ventre et fut obligé de boire du bouillon d'herbes pour se guérir. Ils perdirent au moins deux jours à se remettre des effets du bouillon d'herbes, mais ils ne savaient où ils allaient et cela ne les retarda point.

Le troisième mois de leur voyage, on vit dans le ciel des signes étranges et là-bas sur le chemin apparut une petite izba montée sur des pattes de poule, qui tournait à perdre haleine.

« Stop ! » dit Barthélémy qui connaissait l'argot des sportifs (et même l'argot de Haëndel).

« Tope ? Pourquoi ? dit Joseph. Ça suffit comme ça, on l'a déjà dit trois fois.

— Tu es bête ! dit Barthélémy, et il rit.

— Bon ! » dit Joseph et il rit aussi.

Pourtant, l'izba s'arrêta ; il en sortit un mille-pattes et une baba-yaga. Le mille-pattes était un peu étourdi, mais la baba-yaga avait l'habitude.

Elle leur expliqua que pour ne pas être étourdi, il suffisait de tourner très vite dans l'autre sens, et que comme ça, on ne sentait rien. L'ennui c'était pour dormir et pour boire du lait, parce qu'on buvait du beurre, et ça n'est pas facile.

« Parfait, dit Joseph. Passons à l'action. » Alors Barthélémy demanda à la baba-yaga :

« Vous avez du sucre ?

— Non, répondit-elle, et quand bien même j'en aurais, je ne vous en donnerais pas.

— Ah ! Ah ! » dit Barthélémy. Alors il la tua et dans la cabane il y avait deux cents grammes de sucre. « Ça valait le coup ! » dit Barthélémy à Joseph. « Oui ! » répondit Joseph en pleurant. Et ils s'en allèrent tous deux. Comme ils avaient bon cœur, ils laissèrent le sucre au mille-pattes.

C'est dommage car le mille-pattes souffrait de diabète. Mais tout de même une bonne intention vaut mieux que ceinture dorée et Joseph et Barthélémy continuèrent leur voyage.

Ils parcouraient un soir une profonde forêt quand soudain apparut devant eux un troll hideux qui les regardait méchamment. Il portait une grosse massue à la main et était vêtu

de peaux de bêtes à Bon Dieu de Bois. À sa vue Gédéon, le palefroi, se mit à trembler de tous ses membres, et désarçonnant Joseph et Barthélémy, s'enfuit au grand galop et alla se noyer dans un lac de bitume. (Il revint le lendemain, il avait bouffé des kilogs de bitume et était ravi de son escapade.)

Alors le troll bondit sur les deux acolytes et leur boxant le derrière à grands coups de grolles de troll, les fit pénétrer dans un noir souterrain.

Des trolls circulaient dans tous les coins. Il y en avait pas un seul qui ne portât sur son visage les stigmates d'une dégénérescence avancée (c'est ce que dit Barthélémy et Joseph approuva sans trop comprendre).

À grands coups de massue sur le ciboulot, il les mena dans un obscur cachot et les attacha au mur avec des vieilles chaînes de draisienne.

Après deux ans passés, Joseph commença à avoir faim (depuis huit jours le troll ne les nourrissait plus) et il dit à Barthélémy : « Si on s'évadait ?

« Bonne idée ! dit Barthélémy, mais tu aurais pu y penser il y a huit jours quand on a commencé à avoir faim.

— La faim justifie les moyens », répondit Joseph, fier d'être pour une fois à la hauteur de la situation. Mais Barthélémy ne rit pas et lui dit : « Tu l'as lue dans le Vermot de 1643. » Joseph rougit et pourtant c'était de lui[2].

Alors munis d'un tire-botte qui avait échappé aux recherches de leur geôlier, ils entreprirent de desceller une pierre du mur histoire de voir.

Ce fut une rude tâche, car les murs étaient d'une seule pièce ! Enfin ils réussirent et se glissèrent dans un obscur boyau qui longeait leur prison.

Fous de joie, ils se mirent à danser en chantant et en faisant un chahut infernal. Aussitôt, des trolls bondirent sur eux et les enfermèrent dans un autre cachot.

Seulement maintenant, ils possédaient l'idée directrice et la foi qui soulève les montagnes. Il ne leur fallut pas huit jours cette fois, pour penser de nouveau à s'évader. Armés d'un autre tire-botte (celui de Barthélémy), ils recommencèrent et leurs efforts furent couronnés de succès.

Ils ne firent aucun bruit et longèrent silencieusement les murs pendant onze kilomètres. Ce chemin parcouru, ils entendirent un violent hennissement et virent leur palefroi enchaîné dans une petite caverne avec douze trolls qui le gavaient de boules de gomme. Pris d'une rage furieuse, Barthélémy saisit un soulier de Joseph (ce dernier chut incontinent) et le précipita sur les trolls épouvantés et se dispersant dans de sombres recoins.

Montant sur le palefroi, ils bondirent à travers les souterrains. Cent mètres plus loin ils étaient à peu près assommés tous les deux car dans les couloirs bas de plafond, le palefroi sautait comme un cabri. Nonobstant, ils réussirent à saisir au passage une trolleesse qui se promenait et encore une fois, comme par hasard, la fille du roi.

« On va demander une rançon », dit Barthélémy, pensant soudain à son ancien métier d'usurier. « Tope ! » dit Joseph (il commençait à abuser de cette expression, et le palefroi lui en fit la remarque).

« Si on s'occupait d'elle ? » ajouta Joseph, agité par des idées légères.

Barthélémy n'était pas enthousiaste. Il avait écopé beaucoup plus que Joseph dans les bonds du palefroi, et se sentait un peu défiguré. Et puis la trolleesse était véritablement infecte.

« HouynHouynHouyn ! » fit le palefroi tout d'un coup. Et Joseph et Barthélémy, discrets, le laissèrent seul quelques instants avec elle. Ils revinrent et la trouvèrent un peu décoiffée et le palefroi paraissait fatigué.

Il les mena pourtant jusqu'au palais du roi qui heureusement ne s'élevait qu'à cent kilomètres de là.

C'était très beau. Il y avait des guirlandes de saucisson d'Arles qui répandaient des odeurs suaves, et des nénuphars dans des assiettes en faïence. Le roi courait partout à la recherche de son bilboquet. Des petits esclaves endimanchés soufflaient dans des verres de lampe et imitaient le bruit du vent dans les arbres pour que l'on ne vît pas les murs du souterrain. L'illusion était parfaite.

Devant les saucissons, le palefroi s'arrêta et refusa de faire un pas de plus. Barthélémy comprit cette hésitation et décida de faire le reste du trajet à pied.

À l'entrée de sa fille, le roi bondit vers elle et lui demanda : « Où est mon bilboquet ?

— Minute ! dit Joseph. La rançon !

— Quoi ? fit le roi. Combien ? (il était de père américain et de mère trollee et connaissait la valeur des mots).

— Deux cents grammes de sucre », dit Joseph. Mais Barthélémy ajouta :

« Deux cents grammes pour chacun !

— Ça fait quatre cents ! dit le roi.

— Ah non ! six cents ! et le pale-froi ? reprit Barthélémy, enhardi par ce succès.

— Bon ! voilà un chèque de six cents grammes ! dit le roi. Première porte à gauche. Si vous voyez mon bil-boquet... »

Joseph et Barthélémy allèrent cher-cher le sucre et rejoignirent le palefroi. Celui-ci démolissait tous les saucis-sons.

« Pour les saucissons, dit le roi, ça sera six cents grammes.

— De sucre ? demanda Joseph.

— Sûr ! dit le roi.

— Correct ! reprit Barthélémy. Et il dit encore : Pour du sale sucre comme ça, si vous croyez que je le regrette.

— Sûr que non ! dit le roi. Donnez-le ! »

Et Joseph, qui aimait l'exactitude, fit venir une balance et pesa le sucre. Il se trouva qu'il manquait cinquante grammes.

« Vous me les devrez ! dit le roi. Faites-moi un bon.

— Bon ! » dit Barthélémy. Et le roi rit beaucoup, mais garda le bon.

Alors Barthélémy, Joseph et le palefroi sortirent du royaume des trolls. À la sortie, ils durent encore payer la note de frais, soit deux ans et onze jours de prison, et il ne restait plus beaucoup de maravédis à Joseph.

Dans une plaine, à mille lieues de là, ils virent un homme qui tirait des alouettes. On ne les voyait pas, il tirait et à chaque coup une alouette tombait à ses pieds.

« Comment fait-il ? dit le palefroi qui commençait à se reprendre.

— Sais pas ! fit Joseph.

— On lui demande ? dit Barthé-lémy. Et il demanda.

— Gourde ! répondit l'homme. Je mets les alouettes dans le fusil !

— Et vous vous appelez Christophe Colomb ? sans doute ! dit Joseph.

— Justement ! répondit l'homme. Vous êtes une bande de crétins. »

Il les salua fort civilement et disparut dans la forêt. Joseph et les autres continuèrent leur chemin et tombèrent soudain devant une vaste étendue d'eau salée agitée de mouvements spasmodiques.

Ça doit être la mer ! pensa le palefroi qui en avait entendu parler. Mais il garda son opinion pour lui.

« C'est la mer ! dit Joseph qui était moins discret.

— Si on l'évaporait ! dit Barthélémy. On aurait du sel, ça vaut du
sucre.

— Affaire de goût ! dit Joseph. Je
suis de ton avis ! De toute façon on
peut le vendre comme sucre ! »

En huit jours ils recueillirent assez
de sel pour faire une soupe aux
légumes. Alors satisfaits ils la mangè-
rent et continuèrent leur voyage.

Au troisième jour, ils rencontrèrent
une vieille femme si vieille qu'elle avait
des échasses pour empêcher son menton de traîner par terre, et ceci est bien
caractéristique d'une grande sénilité.

« Bonjour, jouvenceaux ! leur dit-
elle. Voulez-vous du sel ? » Et elle leur
montra un gros sac de sel.

« On vous l'échange contre du
sucre ! » dit cette crapule de Barthélémy. Et il lui donna son petit sac de

sel : mais il fut volé parce que dans le sac de la vieille il y avait dix kilogs de sucre. La vieille était aussi canaille qu'eux. Ils s'étonnèrent cependant qu'elle ait accepté du sucre puisqu'elle en avait déjà tant, conclurent que son sucre était empoisonné (c'était évident) et le flanquèrent dans un grand trou. On entendit un mugissement affreux et il sortit un scarabée qui avait une patte tout abîmée.

« Sacrée bande de nom de Zeus de corniauds ! dit le scarabée. Ça m'est tombé sur la gueule et ça fait un mal de chien ! »

Barthélémy lui fit respectueusement observer que c'était à la patte qu'il avait mal, et reçut un coup d'élytre à assommer un bœuf.

« Y avait pas d'offense ! dit-il aussitôt en se frottant les côtes (dans les

moments pénibles, son origine rotu-
rière lui revenait en masse, et son langage s'en ressentait).

— Non, ajouta Joseph, nous ne
l'avons pas fait exprès.

— Eh ben ! vous auriez pu faire exprès de le foutre à côté », reprit le scarabée qui décidément était de mauvais
poil. Cependant quelques minutes
après il les invita à prendre du porto
dans sa demeure.

Le palefroi dit qu'il préférait un bon
picotin de bitume, mais Joseph lui dit
tout bas que ça ne se faisait pas, alors
il ajouta que certainement il avait dit
ça en pensant à autre chose, et que le
madère était une chose délicieuse.

« Spèce de noix ! dit le scarabée, c'est
pas du madère, c'est du malaga ! »

Pourtant il les emmena et leur
donna à chacun un gâteau tellement

sec que ni l'un ni l'autre ni l'autre (ils étaient trois) ne put l'avaler.

« Il était bon, mon muscat, hein ? dit le scarabée avec un ricanement de satisfaction.

— Fameux ! dit Barthélémy. Je vais vous offrir de mon cognac. Tournez-vous. »

Alors il lui balança un coup de trottinet dans le figne si fort que le scarabée eut les fesses portées au rouge cerise naissant.

« Pal mal ! dit-il, mais il y a pas d'huile ! »

Joseph commençait à croire que le scarabée était un peu excentrique, alors il s'y mit aussi.

« Vous voulez du zan ? » Et il lui lança dans la mâchoire un coup de poing terrible. Seulement il tapa sur l'armoire et se cassa deux doigts.

« Un peu de porto ? dit le scarabée aimablement. C'est souverain pour les engelures. »

Et Joseph ingurgita un nouveau gâteau aussi sec que le premier. Il n'osait plus refuser, il commençait à avoir peur de l'armoire.

Alors le scarabée fit quelques pas dans la pièce et dit : « On va danser ! »

Il appuya sur une lame du parquet et il en sortit un grincement effroyable.

« Vous, dit-il au palefroi, vous appuierez là-dessus. Vous, dit-il à Joseph, vous regarderez. Vous, dit-il à Barthélémy, vous regarderez aussi. Moi, je regarderai. »

C'était très amusant mais, comme le fit remarquer le palefroi, qui danserait ?

« Spèce de mufle ! dit le scarabée. Appuyez, on vous demande rien d'autre. »

On entendit alors de grands coups à la porte.

« Va ouvrir », dit Joseph à Barthélémy. Celui-ci obéit, et il entra dans la pièce une vieille lucarne.

« Bonjour ! » fit aimablement Barthélémy. La lucarne ne répondit pas.

(« Elle est sourde de naissance, chuchota le scarabée. On va la faire danser, ça sera marrant. »)

Il devenait vraiment grossier. Joseph, Barthélémy et le palefroi prirent congé en prétextant un violent mal de tête et le scarabée leur souhaita mille prospérités.

Soudain, au détour d'un chemin, ils rencontrèrent Azor. C'était un vieux chat édenté que Joseph avait connu autrefois. Il avait un havresac lourdement chargé et chantait à tue-tête une chanson gaillarde.

« Eh bien ! dit le palefroi. Comment vont les amours ?

— Ça biche, fit Azor. Tu veux du zan ?

— Non merci, dit le palefroi qui se rappelait Joseph. Tu vas te faire mal aux doigts.

— Ah ? » fit Azor. Et il les quitta l'air inquiet. Il faut dire qu'il avait onze kilogs de zan dans son sac. En passant sur un petit pont, il fut ravi au ciel dans un nuage d'encens.

Joseph et Barthélémy décidèrent alors de construire une pinasse.

« Une quoi ? dit le palefroi qui n'avait pas le pied marin.

— Une pinasse. Pi pi et n as nasse, épela Barthélémy.

— Ah ! très bien ! fit le palefroi qui ne voulait pas avoir l'air bête. Mais où c'est que vous la mettrez ?

70

— Sur l'eau, dit Barthélémy.

— Ah ! ça flotte ? »

Joseph, qui en avait assez, lui colla un gnon entre les deux oreilles et le palefroi hennit de satisfaction.

Barthélémy commença alors à couper des arbres. Joseph émit cependant l'idée qu'on pourrait la faire en métal.

« T'en as, toi, du fer ? dit Barthélémy.

— J'ai pas dit du fer. J'ai dit : du métal.

— Bon ! dit Barthélémy. Excuse-moi. Et il alla abattre un arbre.

— Ça ? demanda-t-il à Joseph.

— Oui ! dit Joseph ; tu vois bien : ça flotte.

— C'est une pinasse ? rugit le palefroi.

— Tout juste ! » ricana Barthélémy. Et il lui fit tomber un arbre juste sur le crâne. Le palefroi fit... Ouf ! et ne dit plus rien. Mais sa tête avait doublé. Alors du coup il comprit ce que c'était qu'une pinasse.

« J'aime pas l'eau ! dit-il.

— Tu préfères le zan ? dit Barthélemy d'un ton menaçant.

— Ah ! toi, ça va, dit Joseph. Ne l'abîme pas, il a déjà une tête comme les tours de Nijni-Novgorod. »

Cependant, à force, la pinasse fut à peu près finie. Il ne manquait plus que la coque, le pont et les mâts, mais les voiles étaient faites avec la chemise de Joseph.

Huit jours après, elle voguait sur les eaux d'un petit bassin que Joseph avait creusé.

« Embarque ! fit le palefroi qui avait entre-temps pris l'allure d'un vieux palefroi de mer. Il cracha une pleine bouche de jus de tabac, et monta sur le pont. Pare à virer ! Lofe ! Tout le monde sur le spardeck !

— Mais ! Bon Dieu de bois ! qui est-ce qui t'a appris ça, enfant de cochon ! dit Joseph.

— On a des lettres ! fit le palefroi. C'est toujours comme ça qu'on cause quand on est marin.

— C'est pas du tout ça, remarqua alors Barthélémy. On va mettre des roues, ça sera moins dangereux, et puis on ne quittera pas la terre ferme.

— Mince ! dit le palefroi. Et il n'ajouta rien.

— Bien entendu, c'est toi qui la tireras, dit Barthélémy.

— Ça va comme ça ! dit Joseph. C'est une bonne idée. »

Ils firent huit kilomètres. Ils arrivèrent enfin à la mer Verte où il y avait des tas de sangsues.

« On ôte les roues ? dit le palefroi. J'ai le mal de terre.

— Enfin !... dit Joseph. Passe pour cette fois ! »

Alors le palefroi remit sa casquette de marin et commença à arpenter la passerelle d'une démarche chaloupée.

« Pas si vite ! dit-il. Prends un ris dans le grand hunier de la misaine de perroquet et souque ferme par bâbord droite ! »

Joseph obéit et il en résulta un mieux sensible dans la marche de la pinasse. Les navires sont si capricieux... Et lui et Barthélémy commencèrent à regarder avec considération la science nautique du palefroi, bien qu'il empestât le tabac à chiquer à faire vomir un bagnard.

Quinze jours plus tard, ils commencèrent à avoir faim. Joseph confectionna une ligne avec du fil d'archal et ils pêchèrent en dix minutes six douzaines de sangsues.

« On les bouffe ! ou c'est elles ? dit le palefroi d'une manière succincte mais compréhensible.

— On va voir ! » dit Barthélémy avec quelque appréhension.

En fait, ils se battirent quatre heures contre les sangsues et ils avaient perdu chacun un litre de sang quand ils réussirent à les rejeter à l'eau.

« On a assez ri ! dit le palefroi. Lofe ! Lofe ! »

Joseph fit la manœuvre, et le navire continua comme si de rien n'était.

« Tu as dû te tromper ! fit le palefroi. Sacré failli chien de marin d'eau douce ! Je vais te caresser les côtes avec ma garcette ! »

Barthélémy, pour faire diversion, proposa de chercher un trésor.

Le palefroi descendit dans sa cabine. Il consulta des cartes pendant plusieurs heures et dit :

« Cap au sud. Par 46° 57′ de latitude et trois mètres de longitude, il y a sûrement un trésor. En tout cas, personne n'a jamais été y voir pour prouver le contraire.

— Allons-y », dit Joseph ravi.

Et la pinasse fila droit vers le sud (il y avait quelque magie là-dessous, à moins que le palefroi n'ait dit sud exprès au lieu de nord). Ça devait être ça, car de jour en jour sa mine s'allongeait.

« Par Neptune ! dit-il. Cette pinasse d'enfer nous mène droit au pôle Nord. »

Et la pinasse furieuse rebroussa vite chemin ce qui fait qu'en moins d'un mois ils arrivèrent à l'île.

C'était une très belle île. Y avait des palmiers partout, des singes sur les palmiers, des puces sur les singes, et un vieux volcan plein d'eau.

« Encore un inverti ! » dit le palefroi qui avait adopté une certaine liberté de langage. Joseph et Barthélémy rougirent mais ne dirent rien.

La grève était de sable fin et des huîtres galopaient à perte de vue. Elles cherchaient des perles ! En effet personne ne se demande jamais où les huîtres prennent leurs perles : c'était l'explication. Les perles avaient beau se cacher, les huîtres étaient entraînées et couraient plus vite qu'elles.

« Y a trop de perles ! dit le palefroi. Elles doivent être fausses. Cherchons plutôt des doublons sonnants et trébuchants et au dernier les bons ! (il avait lu cette phrase dans un manuel de conversation sans jamais bien la comprendre).

— Tope ! » firent Joseph et Barthélémy pensant à leur jeunesse.

Ils prirent des pelles et des pioches dans la soute aux vivres (il faut dire que l'arrimage avait été vite fait) et partirent l'un derrière l'autre. Le palefroi portait un litre de rhum dans sa besace, sa casquette sur l'oreille, et sacrait comme un perdu.

Ils s'arrêtèrent soudain devant un vieux pandanus sur lequel était un écriteau : ... Trésor... 50...

« Ça y est, dit Joseph : y a un trésor à cinquante...

— Cinquante quoi ? dit le palefroi.

— Cinquante arpents ! pardi ! fit Barthélémy qui était le seul à avoir fait des mathématiques.

— Alors on creuse ? dit Joseph.

— Minute ! dit le palefroi. Ça fait grand comment un arpent ?

— On verra bien ! dit Barthélémy. Allons un peu plus loin. »

Un peu plus loin, il y avait sur un arbre un autre écriteau, beaucoup moins abîmé, sur lequel on lisait :

Souscrivez aux bons du Trésor. 50 francs.

« M... ! dit le palefroi. On est refaits.

— Ça en a l'air ! dit Joseph. On va plus loin ?

— Tu me chipes mes idées ! » dit Barthélémy.

Ils allèrent plus loin, et cette fois c'était une vallée obscure et sombre tout à fait propice aux trésors. Une croix de bois d'ébénier était plantée sur un tertre et à sa base un petit coffret rouillé gisait.

« Ce coup-ci, dit Joseph, y en a un. »

Le cœur battant, le palefroi lança un formidable coup de sabot sur le coffret. Il sortit des ruines un petit étui en or qui renfermait un parchemin jauni.

En lettres blanches sur fond noir, on lisait ces mots : Homme qui cherches, ne cherche plus. Il y a un trésor. Il reste à le trouver. C'est pas difficile avec un peu de veine.

C'était tout.

« Je vais essayer ! dit le palefroi.

— Gourde ! dit Joseph. T'es pas un homme, t'es un cheval.

— Pas un cheval ! un palefroi ! dit le palefroi qui se sentait vexé.

— Quand même ! il n'y a peut-être qu'à creuser ! » dit Barthélémy.

Alors ils creusèrent et ô ! miracle ! trouvèrent deux vieux squelettes aux crânes troués de balles de tromblons (du moins ils supposèrent que c'étaient des balles de tromblons qui avaient pu détruire aussi complètement des crânes car il ne restait pas trace de ces derniers).

Sous les squelettes, un gros coffre d'acier bardé de lames de bois gisait inanimé.

« Il a dû recevoir un fameux coup sur la tête, dit Joseph, pour ne pas remuer plus que ça » (il se rappelait le scarabée).

Malgré tous leurs efforts, ils ne purent pas ouvrir le coffre. Le palefroi le prit sur son dos et ils revinrent à la pinasse.

Le palefroi passa le premier la passerelle d'embarquement, et trébuchant sur un anneau tomba la tête la première dans une écoutille avec le coffre sur le dos.

« Tu as été vite ! » dit Joseph admiratif en le rejoignant cinq minutes après.

Le palefroi, l'air mélancolique, ne répondit pas. Sa casquette était bizarrement juchée au haut de son crâne.

« Pourquoi la mets-tu comme ça ? lui demanda Barthélémy.

— Oh ! une idée !... » répondit-il évasivement.

Mais le soir Joseph et Barthélémy trouvèrent que le bifteck sentait singulièrement le cheval.

Le lendemain, on entendit des coups sourds le long de la coque, et une longue pirogue chargée d'insulaires hirsutes vint aborder la pinasse.

Le chef monta sur le pont. Il s'appelait Arthur.

« Couic ! fit-il au palefroi.

— Couic ! » répondit le palefroi d'un ton railleur.

Alors le chef redescendit l'oreille basse et la pirogue regagna le bord. Les sauvages pleuraient tous.

« Je leur ai collé la rougeole ! dit le palefroi d'un ton triomphant.

— Ça y ressemble ! » approuva Barthélémy, qui commençait à se faire à l'argot nautique.

On ne revit plus les sauvages, d'autant que deux heures après la pinasse levait l'ancre. Le coffre était soigneusement calé sous le lit du palefroi.

Quand ils furent en pleine mer, Joseph proposa d'ouvrir le coffre.

Ils allèrent chercher des leviers et des pinces et, quelques minutes plus tard, le parquet du gaillard d'avant était jonché de corps évanouis, aucun n'ayant montré de dispositions pour la mécanique.

Le palefroi se releva le premier (l'habitude des coups sur la tête) et ranima Joseph et Barthélémy en leur jetant au visage une casserole d'eau bouillante.

Après ce traitement simple mais efficace, il ne restait aux deux malheureux plus un poil sur le caillou et durant le reste de la traversée ils portèrent des petits bonnets.

Cependant le lendemain, le palefroi eut une idée.

« Prends le coffret, dit-il à Barthélémy, et mets-le entre le rouf arrière et le mât de perroquet. »

Joseph obéit. Alors muni d'une hache, le palefroi attaqua vigoureusement le grand mât qui tomba droit sur le coffre et se brisa en deux morceaux.

« C'était quand même une bonne idée, mille sabords ! cria-t-il. Peut-être qu'il est fendu. »

En effet le coffre était fendu et il s'en déroulait une vapeur rampante.

« Va voir, dit Joseph à Barthélémy.

— Vas-y, toi, dit Barthélémy.

— Vous êtes des froussards, dit le palefroi. Allez-y tous les deux. »

Joseph fit courageusement un pas en avant mais il était encore à dix mètres du coffre.

« J'y ai été, dit-il. À toi, Bartoche. »

Barthélémy alla plus loin. Il essaya même de soulever le couvercle. À sa grande frayeur le coffre s'ouvrit et ô ! merveille il était rempli de doublons et de castagnettes. Dans un coin on pouvait même voir deux livres de sucre, un peu éventé mais sucré quand même.

« On n'a plus besoin de s'en faire ! dit le palefroi. On a gagné le grelot » (encore une expression mal assimilée).

Et les trois amis firent bombance jusqu'au dimanche suivant (c'était samedi). Le lendemain, le palefroi leur dit :

« Les gars, c'est pas de tout ça. On est riches, on va se payer des vrais sauvages. Joseph le cap par demi-sud-est, ouest-quart-nord. Pare à virer, la barre... toute ! Tous les hommes dans la mâture, amène le grand foc et lâche l'otarie. »

Le navire fila gracieusement sur la mer déchaînée.

En huit jours d'une navigation parfaite, ils abordèrent à l'île des Sauvages. Joseph et le palefroi descendirent. Trois mois plus tard ne les voyant pas revenir, Barthélémy partit à leur recherche.

Il entendit de loin un roulement de tam-tam et des chants sauvages, et vit de grandes flammes monter vers le ciel.

Il alla un peu plus loin et tomba sur une clairière où d'horribles êtres nus et couverts de peintures dansaient autour d'une marmite fumante d'où sortaient des sabots et une casquette.

« Holà ! cria-t-il. Vous avez chaud ?

— Pas mal ! répondit le palefroi en sortant la tête de la marmite. On commence à être décrassés, on va pouvoir sortir, mais ne le dis pas aux sales bonshommes.

— Bien sûr ! » répondit Barthélémy en gueulant comme un veau. Les sauvages l'entendirent et se retournèrent. Joseph et le palefroi en profitèrent pour se dresser en faisant « Hou ! » et éteignirent le feu en renversant la marmite dessus. Ils firent un massacre de sauvages et rejoignirent Barthélémy. Ce dernier remarqua qu'ils étaient gros et gras.

« On a bien rigolé ! dit le palefroi.

— Quand même ! dit Barthélémy, vous auriez pu revenir plus tôt.

— Penses-tu ! dit Joseph. Ils nous engraissaient.

— Vous auriez pu me le dire, reprit Barthélémy légèrement vexé.

— Allons, dit le palefroi, tais-toi, le mousse. Silence dans les rangs. Rompez ! Vous pouvez fumer. »

Ils regagnèrent le bord (pas le bord, le bord, je m'entends) et firent voile vers les mers de Chine car Barthélémy voulait acheter un petit Chinois.

Le palefroi descendit dans sa cabine pour chercher de la documentation sur la Chine et voici ce qu'il lut dans ses ouvrages de bord (d'ailleurs c'était lui qui les avait faits).

Chine : pays. Y vivent les Chinois. Au nombre de plusieurs. Pour s'y rendre, prendre le chemin qui y mène. Principales productions : les Chinois, le riz, la soie et l'antimoine.

Au mot d'antimoine, Joseph qui était républicain leva la tête.

« À bas la calotte ! cria-t-il.

— Matelot Joseph ! hurla le palefroi, je vous colle aux fers ! »

Mais Joseph n'y alla pas car il ne serait pas resté de mousse pour car-guer les voiles et balayer les cabinets.

 Et l'on cingla vers les mers de Chine.

La pinasse était en plein océan, et Joseph qui roupillait dans le nid-de-pie entendit soudain des chants mélodieux s'élever de la mer. Il mit la tête au bord du nid et aperçut trois ravissantes sirènes qui exhibaient des seins tentateurs et des cheveux d'or fin en glapissant la dernière scie en vogue.

Elles ne virent pas Joseph. Il décida de leur jouer un tour. Saisissant un cabillot qui traînait il le jeta sur la tête de la plus jeune qui but un bon bouillon et ressortit crachant et soufflant. Il joua le même tour aux deux autres et quand elles furent bien en colère, Joseph appela Barthélémy et le palefroi qui faisaient une partie de lansquenet dans le carré des officiers.

Le palefroi, toujours galant, s'approcha de la lisse et dit :

« Alors, fichues femelles, y a quelque chose de cassé ?

— Voulez-vous jouer avec nous », ajouta aimablement Barthélémy avec un sourire gracieux.

Elles répondirent par une bordée d'injures telles que nous ne pouvons les reproduire ici.

Le palefroi rit d'un rire tonitruant et dit à Barthélémy : « Elles nous emmerdent.

— Tu as deviné ! dit Barthélémy. Mais où est donc Joseph ? »

Joseph se fendait la pipe comme une baleine. Mais il rigola moins quand il vit à l'horizon un gros nuage noir qui s'avançait avec une rapidité foudroyante. Barthélémy essaya de conjurer le maléfice par quelques passes savantes avec un harpon. Il faillit éborgner le palefroi et navra grièvement Joseph qui perdit une oreille dans l'aventure. Et le nuage creva sur lui et jamais ne vit-on homme plus mouillé.

Cependant la navigation se poursuivit sans autres avatars. Le douzième jour, ils capturèrent une grosse jonque où ne demeurait plus âme qui vive et prirent des canons, des munitions et du butin.

Ils parvinrent enfin en Chine.

À l'arrivée de la pinasse, les fils du ciel se pressaient en masse à l'entrée du port.

« Y en a trop ! mugit le palefroi. Déblayez ! »

Barthélémy et Joseph se précipitèrent aux pièces et en dix-neuf coups de canon, tuèrent trois Chinois.

Comme l'attitude des survivants semblait de moins en moins amicale, le palefroi commanda :

« Mouillez l'ancre. Et n'abîmez pas les écubiers (c'était une remarque de son cru). » Ce qui fit que Joseph et Barthélémy le regardèrent avec une admiration de plus en plus nuancée de respect. Heureusement cela ne dura pas et ils jetèrent l'ancre.

« Qu'est-ce qu'ils vont faire ? demanda Joseph qui comme on l'a remarqué, brillait particulièrement par l'audace.

— Nous courir après ! dit le palefroi.

— Alors on s'en va, en somme ? demanda Barthélémy pensant avoir compris.

— Juste ! dit le palefroi et il commanda : Au cabestan. Et en vitesse. »

Trois minutes après, la pinasse était à deux lieues de la côte.

« Qu'est-ce qu'on fait ? dit Joseph.

— On va se grimer et revenir », dit Barthélémy. Mais le palefroi ne voulut absolument pas prêter sa casquette. Alors on lui fit des moustaches avec du bouchon brûlé, et Joseph et Barthélémy se déguisèrent en Chinois.

Ils revinrent au port et furent accueillis par des salves de coups de canons chinois. Puis une jonque s'avança vers eux. En les voyant le capitaine parut surpris.

« Excusez-nous, dit-il en chinois, on vous avait pris pour d'autres. »

Barthélémy qui parlait un peu le chinois, lui répondit en chinois qu'il valait mieux recevoir des coups de canon que rien du tout, ce qui était le comble de la politesse chinoise et ravit d'aise le mandarin à bouton d'acné assis sous un dais à l'avant de la jonque.

Alors ils débarquèrent et furent reçus avec beaucoup d'honneurs et conduits sur un sampan jusqu'à la cour de l'Empereur du Milieu (le roi des Apaches en somme). Ils emportaient leur coffre, ce qui leur permit d'acheter des tas de kilogs de sucre. Ils reprirent la mer un mois après, s'en furent dans une île déserte où ils se construisirent une maison, et vécurent heureux jusqu'au jour où ils commencèrent de s'ennuyer et partirent pour de nouvelles aventures, mais c'est encore loin.

Boris VIAN

1. Âge probable 80 ans.
2. Les grands esprits se rencontrent. (Note de l'éditeur.)

Deuxième version
(inachevée)

I

Il était une autre fois un certain chevalier Joseph beau comme un jour de mai. Joseph vivait entre son chien et son cheval (pas en hauteur mais en travers) à l'orée d'un parc majestueux dans un château aux murs gris et au toit mauve. Les murs étant couverts de lierre et le toit de mousse, l'ensemble paraissait vert, et, ne pouvant jamais retrouver l'endroit au milieu de tous ces arbres, il se rabattait d'ordinaire sur une cabane en terre battue comme plâtre mais noire au lieu d'être blanche. Il restait solitaire et cette solitude lui pesait. Un soir la lune caressait d'un rayon audacieux la cime érigée des grands arbres agités par la brise et Joseph se prit à penser à l'amertume de la vie. Un seul remède : il sella son palefroi, l'enfourcha par la suite et s'en fut chercher du sucre.

Longtemps il chevaucha, de rudes et pénibles journées, traversant nombre de pays inconnus, voyant des bêtes étranges comme la béchamel ou le cotylédon, s'instruisant de son mieux par le moyen des cinq ou six sens qu'il tenait de son brave homme de père.

Comme la pluie tombait, il s'abrita, et ensuite la pluie ne tomba plus. Il entra dans l'auberge et demanda du sucre, et la fillette tourna de l'œil et mourut, alors le chevalier triste comme aux plus beaux jours chevaucha derechef son palefroi, qui le mena dans un pays bizarre.

II

Sur la route blanche s'émoussait le soleil pointu. Chaque pas était à Joseph une souffrance pour son palefroi. Il marchait depuis trois ans lorsque apparut devant lui un clapier à lapins, et y dansaient des elfes en susurrant une romance.

L'air langoureux et mélancolique plut énormément à Joseph, et il s'enfuit au grand galop. Le palefroi n'aimait pas l'air qui lui rappelait une boucherie chevaline, au-dessous de l'appartement où sa mère prenait des leçons de piano. Joseph ne dit rien.

Âpre était l'odeur d'ozone émanant de la terre humide. La faim le prit et il tira de ses fontes un livre de cuisine. Une caverne, naturellement, attendait non loin de là. Joseph prit son arc et ses balles et réussit, en lançant une pierre, à atteindre un poulet dans la basse-cour attenant à la caverne.

La sorcière protesta. Sa bosse bosselait. Ses yeux chassieux bigornaient trois mouches à chaque battement et

d'un bon pied pendait sur son menton
son inférieure lèvre. Ce que voyant
Joseph il la tua et la mangea avec le
poulet, très affamé aussi. Puis commença l'exploration de son nouveau
domaine.

Dans la première caverne, éclairée d'un jour diffus par deux vitraux bleu indigo, trois coffres d'ébène reposaient, luisant discrètement de leurs ferrures nombreuses. Dans le premier il y eut le linge sale, dans le second la vaisselle sale, dans le troisième, les clés des deux autres coffres, et de ce fait le troisième se trouvait être le premier, et la boniche, et tant était grand l'énervement de Joseph que celle-ci s'en souviendra.

Dans la seconde caverne, éclairée d'un reste de jour diffus par la porte menant à la caverne précédente, il ne vit pas le moindre coffre, et la poussière couvrait le sol, on ne distinguait pas la trappe ainsi dissimulée mais que la boniche l'ayant indiquée à

Joseph, celui-ci muni d'un engin à chasser ladite poussière réussit à trouver. Il ne réussit pas à l'ouvrir et se blessa sérieusement avec le balai, et marcha dès lors les jambes écartées.

Puis aidé de son palefroi, il besogna trois jours et trois nuits et parvint à établir une sorte de palan garni d'une forte chaîne. Il passa le crochet dans l'anneau de la trappe, s'arc-bouta contre le mur et tira fort, et le mur céda et il marcha dès lors à nouveau les jambes resserrées.

Mais sans se décourager il creusa pendant sept jours et sept nuits autour de la trappe, et le palefroi regardait ou dormait suivant les moments.

Alors, comme il s'y attendait le moins, la trappe s'ouvrit avec un bruit sec, et miracle ! ce n'était pas une trappe mais bien un morceau ordinaire du plancher et il perdit des heures à tout remettre en place.

Dans la troisième caverne, éclairée d'un jour triplement diffus, on pouvait voir en regardant bien une paire de chandeliers en pin des Landes, une harpe de Tolède damasquinée, une paire de chenets en pin sylvestre et une armoire à linge contenant :

8 paires de draps
3 serviettes nids-d'abeilles
17 serviettes-éponges dont une reprisée
2 gants de toilette
2 culottes « Petit Bâtard »
et d'autres objets de moindre importance.

Mais un rat qui surgit entre les jambes du palefroi fit que Joseph prit peur et découvrit heureusement la quatrième caverne, et sans elle il se serait cogné la tête sur le mur.

Comme il en avait assez des cavernes, il saisit un pic et attaqua la voûte à grands coups de pic.

Il calcula mal son quatrième coup, à l'occasion duquel un fragment de roche lui chut dans l'œil et donna lieu instantanément à la formation d'un gros crapaud qui ouvrit un œil comme un couvercle de bière et lui dit : « Joseph, tu as trahi. »

Joseph pensa que le lieu était ensorcelé et fit brûler une pincée de poudre de pyrèthre pour chasser le crapaud et celui-ci s'en alla en éternuant à fendre l'âme d'un canon. Et sur ces entrefaites, la terre s'ouvrit mais pas à l'endroit où se tenait Joseph, heureusement, et il en sortit dans un brouillard d'encens une grosse bête écailleuse, Cécile Sorel enfant. C'était une fée, mais de peu d'apparence.

Alors Joseph se réveilla, car c'était un rêve : devant lui, il n'y avait en effet qu'une fée, une caverne, et pour un instant, le cul d'un crapaud qui disparut cependant en clopinant.

La fée lui dit une énigme qu'il nota soigneusement sur sa manchette, et il était question de creuser pour trouver quelque chose :

Ami, si ton courage indomptable
[t'entraîne

Creuse à vingt pas d'ici, creuse dans
[le rocher
Avec une pioche au long manche de
[frêne
Et tu le trouveras là ousqu'on l'a
[caché.

Sur ce, elle s'entoura d'un nuage
épais de fumée de cigarettes blondes
et tourna sept fois sur elle-même pour
se camoufler, et Joseph se demanda
encore s'il ne rêvait pas. Se pincer lui
faisant aussi mal que la première fois,
il se dit : « Je vais recevoir un second
crapaud dans l'œil. »

Il y eut dans l'air une musique
éolienne, et une lumière consistante,
et la fée, mais ce n'était plus la même,
apparut sous son aspect réel.

Elle avait une longue robe de lin bleu, avec à chaque poignet un lourd vertugadin de dentelle d'Irlande véritable. Son cou charmant émergeait d'une large crinoline bordée d'un gros grain crissant et garnie d'entre-deux de satin moucheté doublés d'un bouillonné de mousseline mauve, et sur ses cuisses fuselées, sa robe fendue laissait apparaître un jabot de Venise et de brocart soutenu par une épaulette de brocart piqué. Des crevés donnaient à ses doigts de l'aisance et ses longs gants de nansout brodé, travaillés en biais et incrustés de point à la rose, tranchaient sur le tissu étonnant de la robe elle-même, véritable nid de fanfreluches, résultat de l'habileté d'une couturière experte aux travaux de finesse, formant autour de la radieuse apparition comme une vapeur de fils arachnéens d'où émergeaient de petits souliers de batiste garnis de grosses boucles de diamant jaune.

Joseph ne lisait pas *Le Petit Écho de la mode* et ne remarqua rien de tout cela. Il dit cependant Bonjour d'un ton rogue, car il n'était pas dénué d'une certaine politesse native.

— Bonjour, chevalier ! lui répondit gracieusement la fée, dont le nom fut Mélanie.

— J'ai du sucre, ajouta-t-elle, à cent quatre-vingts francs le kilog.

Joseph pensa qu'elle devait faire là-dessus un fameux bénéfice, mais il avait très envie d'en avoir et tira de sa bourse trois maravédis pour les donner à la fée.

Le maravédis est une monnaie commode pour les choses qui valent cent quatre-vingts francs car un maravédis valant un franc, il suffit d'en prendre cent quatre-vingts.

Elle lui remit ses sept kilogs et disparut en laissant derrière elle un parfum de muscade passée et de poudre d'escopette de chez Gastinne-Renette.

Joseph attendit cinq minutes pour voir si elle revenait et prenant son sucre, il alla le cacher soigneusement dans la deuxième caverne, en un endroit où nul mortel ne pourrait le dénicher.

Étant mortel, il aurait dû se méfier.

Puis il s'endormit du sommeil du juste, la tête appuyée sur un bloc de

roche acéré, ayant retiré son justau-
corps, ses braies et son écu.

Pendant son sommeil, une goutte
d'eau qui allait obscurément son petit
bonhomme de chemin à travers les
couches de granit constituant la voûte
de la caverne parvint enfin à percer un
trou suffisant et chut en plein sur la
pomme d'Adam de Joseph, et il fut
incontinent frappé d'amnésie foudroyante.

Malgré son habituel agnosticisme
(sic) il dut se rendre à l'évidence : il ne
se souvenait plus de rien.

Ainsi, il oublia de s'habiller et c'est
d'un homme nu qu'il faut continuer de
raconter l'histoire, tant y a que l'habitude est une seconde nature, et que
s'habiller procède de cette habitude (il

y a lieu de ne pas oublier le rôle de la mémoire que l'on ne peut, comme le fit Kant, rattacher entièrement aux courants de décharge nerveuse dans la partie antérieure droite de la moelle épinière).

Pourtant, comme il y a des grâces d'état, Joseph n'omit point de donner à son fidèle palefroi son yoghourt du matin, et de remonter sa depsydre jusqu'à faire sauter le ressort. Revenu dans la quatrième caverne, il aperçut, gravée en lettres de feu sur les parois, résultat d'un processus bien connu de Niepce et Daguerre, l'énigme conçue par la première fée. Sa cervelle vide d'antériorité se trouvait en compensation pleine de possibilités, et il prit son pic puis passa dans la cinquième caverne.

III

Il n'en avait pas encore franchi le seuil, et voilà qu'elle était là, mate, comme de nuit remplie, avec au fond le bruit frissonnant d'une source minuscule qui se perdait dans le sable du sol. Seul un rayon venu d'on ne sait où plongeait, devant Joseph, vers un petit rond lumineux où dansaient les ombres de ces insectes jaunes et mauves que l'on trouve d'ordinaire dans les cavernes.

Le petit rond lumineux se déplaçait lentement et finit par s'immobiliser en un point du sol, puis sembla s'y enfoncer et Joseph se mit à creuser à cet endroit avec son pic. Mais le manche de hêtre l'empêcha de rien trouver et lui donna des ampoules car c'est un bois malveillant et il sortit et se coupa un petit manche de frêne élégant et robuste, dans lequel une grâce certaine s'alliait à une solidité de bon aloi. Il l'adapta au fer du pic, recommença à creuser et reçut sur la tête le fer du pic qui s'était envolé, quand il avait levé le pic, mais ensuite, du premier coup, le sol de la caverne vola en éclats et Joseph tomba la tête en avant, dans un puits d'ombre verte dont il ne distinguait pas le fond avant d'avoir parcouru deux mètres vingt en chute libre. Il était chanceux : dans un puits d'ombre, on peut respirer. Mais il y nageait des bêtes bizarres avec un bec et des plumes qui faisaient Cot ! Cot ! Codett ! Il n'y voyait rien mais en plein jour, ce devaient être des poules.

Alors le fond céda et il chut à nouveau. Trouvant au bout d'un an que cela suffisait, il s'arrêta. Son fidèle palefroi était là et le regardait avec des yeux candides, l'ombre avait disparu, et à perte de vue des oursins vaquaient à leurs occupations.

Projet d'une suite
au *Conte de fées*

Nous retrouvons nos héros après leurs aventures en mer de Chine. Ils arrivent au royaume (polynésien) de Kule-Kule. C'est la suite du Conte, *une suite dont il ne nous reste que le début.*

Donc, Joseph et Barthélémy et le palefroi arrivèrent en vue d'une terre inconnue qui se profilait à l'horizon et dont la brise leur apportait le parfum de miel et d'ambre. Le palefroi toujours coiffé de sa casquette à laquelle, depuis son voyage en Chine, il avait cousu un bouton de culotte commanda d'une voix de stentor : « Terre. » Il n'ajouta rien parce qu'il s'était fait très mal à la gorge et qu'il avait des difficultés à garder sa dignité.

— Voire ! dit Barthélémy. Et des fois qu'il y aurait des sauvages.

— On ne se laissera pas faire kaï-kaï comme ça, dit Joseph qui connaissait l'argot polynésien.

En fait rien ne laissait supposer que l'île soit habitée et la pinasse se rapprocha jusqu'à une encablure sans qu'aucune trace de vie se manifeste sur le rivage.

— Tout le monde sur le pont ! hurla faiblement le palefroi en massant sa gorge. Les hommes aux porte manteaux. Mettez le grand canot à la mer.

Les hommes, c'étaient Joseph et Barthélémy et ils n'avaient pas du tout envie de travailler. Comme l'eau semblait transparente et profonde, Joseph proposa que l'on se rapproche du rivage.

On n'avait pas fait cinq mètres que du fond de l'eau sortit un grand mugissement. Une forme monstrueuse sembla monter des profondeurs, l'eau devint toute noire et la pinasse s'agita violemment. Voyant cela, le palefroi bondit précipitamment par l'écoutille et alla se terrer dans un coin du bateau en se cognant violemment le paturon sur le panneau. Joseph et Barthélémy, plus courageux, se contentèrent de changer de hauts-de-chausses.

Une demi-heure plus tard le palefroi réapparut.

— J'avais été voir si « ça » n'avait pas fait de trou dans la coque, tenta-t-il d'expliquer. Puis voyant que les deux autres avaient changé de culotte : « Mille sabords, vociféra-t-il ! En avant ! N'ayez pas peur, ajouta-t-il d'un ton avantageux. Avec moi vous ne craignez rien. »

Pourtant c'était l'esprit de Kulekule, le vieux diable des coraux, qui avait quitté sa retraite pour voir qui venait troubler sa quiétude et peu de temps s'écoula avant qu'une vague haute comme une maison emporte la pinasse

sur sa crête et la lance sur le rivage où elle se fixa à la cime d'un énorme cocotier.

— C'était beau ! dit Joseph.

— Oui ! mais c'était mouillé quand même ! répondit le palefroi. Puis il se mit en devoir de reconnaître sa position mais ses mouvements désordon-

nés firent osciller la pinasse qui bas-
cula et se fracassa sur le sol.

— Tu trouves toujours ça beau ?
demanda Barthélémy d'un ton sarcas-
tique, car Joseph avait une énorme
bosse au front.

— Ha Ha ! très drôle ! gloussa le
palefroi. Mais il se reprit. Nom de
Zeus ! où est ma casquette !

— Ta casquette, on s'en fout ! bra-
ma Joseph que sa basse rendait iras-
cible. Je voudrais bien savoir quel est
le triste sire qui nous a joué ce tour.

Alors les singes dans les arbres se
mirent à rire car ils connaissaient bien
le vieux Kulekule.

Joseph pourtant ne comprenait pas,
et ça le tracassait car il n'était pas

dénué de sens critique et il aimait bien savoir le pourquoi des choses.

— Il s'est produit un phénomène, voilà tout, dit le palefroi qui excellait à donner une interprétation simple des choses. Il n'y a pas de quoi se mettre martel en fontanelle (c'était un vieux dicton berrichon qu'il ressortait dans les grandes occasions).

Cette explication satisfit Joseph, qui n'insista pas, et les trois amis se mirent en devoir de descendre du cocotier. Pour Joseph et Barthélémy, cela alla bien, mais le palefroi trouva plus expéditif de faire un faux pas et de choir cinq mètres en dessous. Après quoi il leur vanta l'excellence de sa méthode mais la bosse qu'il avait au crâne démentait la commodité du procédé.

— On construit une cabane ? dit Barthélémy.

— Tope ! répondirent ensemble les deux autres. Puis ils se chamaillèrent vingt minutes pour savoir à qui c'était de le dire.

— Au fait, dit Barthélémy, et ta casquette ?

— Nom de Zeus, hurla le palefroi ! au fait ! c'est exact !

— On t'en fera une ! dit Joseph conciliant.

— Ben alors et le bouton ?

— Tiens, en voilà un, dit Barthélémy, qui en arracha généreusement un de sa culotte. (D'ailleurs il portait une ceinture, car les bretelles lui donnaient la migraine.)

— Thanks ! dit le palefroi qui savait l'italien.

Ils commencèrent la construction de la cabane. Mais au bout d'une demi-heure, comme la mer commençait à monter, ils se dirent qu'il était préférable de la faire à l'intérieur des terres et se mirent en devoir d'explorer le pays.

Au bout de cent mètres, ils tombèrent sur un petit ruisseau plein d'écrevisses et de crabes de cocotiers en slip et soutien-gorge qui jacassaient à qui mieux mieux. Le site plut au palefroi qui commanda :

— Sac à terre. Repos.

Et ils s'assirent pour discuter sur les conditions de réalisation de leur demeure. Quand ils eurent décidé le mode de construction, l'emplacement, l'orientation, etc., Joseph et le palefroi prirent une hache et s'avancèrent dans la forêt pour couper des arbres.

Le Palefroy
abattant un arbre...

Boris VIAN

Composition réalisée par P.P.C.

Achevé d'imprimer en juillet 2009 en France par I.M.E.
Baume-les-Dames
Dépôt légal 1re publication : septembre 1999
Édition 08 - juillet 2009
LIBRAIRIE GENERALE FRANÇAISE - 31 rue de Fleurus - 75278 Paris Cedex 06